흔한 감성

그대가 감내하고 있는 길
그 발걸음이 외롭지 않게

가능한 모든 것에 기대어
위로를 얻을 수 있게

| 시인의 말 |

극도의 행복에 도달해 그것에 취해 살고 싶다는 생각을 하며 살지만, 사실 살면서 그 정도의 행복을 느끼는 경우는 생각보다 적습니다. 그래서 감성이 차오르는 밤이면 기분 좋은 무언가를 느끼기보다, 현실과 마주한 나의 모습이 먼저 떠올라 다시금 가슴이 답답해지기도 합니다. 이럴 땐 매일 마주할 그 풍경에 소소한 의미부여를 하며 조금씩 세상 밖으로 나오기도 합니다.

결국은 작은 존재로부터, 반복되는 일상 속 익숙한 것들로부터 나는 위로를 받으려, 행복을 조금씩 알아가려 그렇게도 애를 썼습니다.

바람은 때론 잔잔하게도, 거세게도 불며 우리의 마음을 대변하는 듯 변덕스럽게 바뀌고는 합니다. 우리의 삶은 고되고 힘들지 모르겠지만, 낮에 뜬 해는 밝고 밤에 뜬 달은 영롱한 빛을 내뿜고 있습니다.

이 책을 읽는 당신에게도 내가 느낀 이 감성을 주고 싶습니다. 많은 부분으로부터 쉽게 뜨거워지기도 쉽게 아프기도 하는 당신은 또 쉽게 웃을 수도 있는 사람입니다.

사랑이 필요한 우리, 위로가 필요한 우리.
우리의 공허함을 채우고자 일상에서 쉽게 끄집어낼 수 있는 이 흔한, 감성을 시에 담으려 해봤습니다.

열렬히 사랑을 해 본 당신, 그렇지 못했던 당신, 지금 사랑을 필요로 하는 당신. 어떤 당신이든 그 마음을 어렴풋이나마 느낄 수 있기에 나는 지금도 작고 흔한 감성을 담아내고 있습니다.

김선욱

| 목차 |

Part 1

•

사랑이 필요한 우리의 하루

Part 2

위로가 필요한 우리의 오늘

Part 3

•

이 흔한 감성을 당신에게 주고 싶은 매일

Part 1

사랑이
필요한
우리의
하루

사랑이란 단어를 취하며 살기 위해
나는 당신이란 존재를 매일 필요로 했다

너를 만나러 가는 길

버스에 몸을 싣고
창밖을 바라본다.

무표정의 기다림과 달리
가슴은 뛰는 것이

버스가 흔들린 탓인지
두근대는 가슴 때문인지

영문 모를 두근거림을 안고
지금 너를 만나러 가는 길

너를 만나러 가는 길

당신을 향한 나의 감정을
머릿속에 그림처럼 그려 넣었다.

맑은 하늘에 뜬 둥근달
달빛을 받아 빛나는 강
시원한 바람의 향기

그려보니 아름다운 것이
넋 놓고 웃음을 띠다

당신과 마주친 두 눈
부끄러워 급히 숨기려 해도
이미 들킨 내 마음

꺼낼까 말까 고민하다
결국 와르르 쏟아져 버렸다.

발각

무심코 스친 너와 나의 손에
찌릿한 정전기가 일었다.

놀라 손을 뺀 우리

찰나의 그 순간에
단순한 우연일까.
무엇이 통한 걸까.

가끔씩 일어날 수 있는
이 따끔한 정전기를
우리는 미리 걱정하지도
두려워하지도 않았다.

다시 찌릿할 수 있지만
그래도 손을 한 번 더 내밀었다.

정전기

이것도 싫고
저것도 싫고
싫은 것 투성이라며

나에게는 웃어주니
그래도 나는 아직
싫은 것에 포함되지 않는 걸까.

싫은 것

끙끙 앓던 이야기들이
생선가시처럼 목에 걸려
쉽사리 빠져나오지 못했다.

젖 뗀 어린 아기도 아닌데
당신에게 이 말을 하는 것은
왜 이렇게 힘이 드는 걸까.

당신이 눈앞에 있는 동안
그렇게 참고 참다가
나는 결국 뱉어내고 말았다.

놀란 당신의 표정과
천천히 입가에 번지는 미소에
목에 가시가 녹아내림을 느꼈다.

고백

먹구름에 가렸던 해가
얼굴을 빼꼼 내밀었다.

비가 오던 우중충한 날도
때로는 맘에 들었지만
다시금 내미는 해의 얼굴은
희망으로 다가오기도 했다.

먹구름에 익숙해질 찰나
드러난 해의 밝은 빛깔은
예쁘다. 이 한 문장이
내 감정의 머리말로 꾸며졌다.

머리말

그것은 참으로 깊숙이도
내 심장을 파고들었다.

거부할만한 생각도 틈도
마련하지 못할 만큼

내 속으로 빠르게 침투해
결국 깊게 뿌리를 내렸다.

너는 내 앞에서 미소 짓고 있었다.

반하다

차가운 커피잔이 놓인 카페
서로를 그윽이 마주 보며
화수분처럼 쏟아지는 대화

각자의 삶을 털어놓는 가운데
뜨거운 공감과 살가운 이해는
속절없이 흐르는 시간이 되고

얼음만이 남은 커피잔에도
뭐가 그리 털어놓을 게 많은지
괜히 빨대로 얼음을 휘저었다.

화수분

너의 입술이
활짝 벌어지면
마치 꽃이 핀 것만 같다.

가끔은 이렇게
너를 안고 들어 올려
한 움큼 꽃을 품에 안고 싶다.

가장 아름다운 너를
이 양손으로 받치고
그렇게 잠시만 있고 싶다.

꽃받침

당신의 인기척에도
미세한 떨림이 일었다.

어느덧 당신이란 존재에
가장 민감한 반응을 가지게 된
숨길 수 없는 내 모습

혹여나 들킬까
입을 꼭 다물고
떨림은 요란한 나

진동

지금 당신의 옆이
원래 내 자리였던 것처럼

당신을 향해가는 이 시선
그와 동시에
발걸음은 자연스레
당신에게로 옮겨갔다.

애초부터 계획된 것이었는지
순간에 생긴 변수인지는 몰라도

나를 반기는 당신의 미소에
이 이끌림은 당연하기만 하다.

이끌림

당신은 빛나는 별

당신의 뒤로 늘어선
이 어둡고 광활한 우주는
그대를 꾸미기 위한
배경으로 밖에 보이지 않았다.

나는 당신을 바라보는 별

비록 당신처럼 밝지는 않지만
그대라는 별을 더 밝혀주기 위해
조금 떨어진 이곳에서
당신의 주위를 맴돌고 싶었다.

위성

우리가 같이 마신 커피
서로 한 풍경을 느끼며
함께 주고받은 대화

나에겐 그저 일상적인
당신에게도 너무 평범한
우리가 나눈 모든 것들이
특별한 무언가로 바뀌는 시간

날이 따뜻하든 춥든
기분이 좋던 좋지 않던
가장 기본을 공유했음에도
벌써 드러난 감정의 윤곽

윤곽

그날은 복숭아 향이 났다.

흐릿한 하늘에 핀 구름도
무심하게 가지를 털어내던
흔들거리는 가로수도
내 눈에 비치는 모든 것에
가슴은 심히 간지러웠다.

하루 종일 복숭아 향이 났다.

내 손을 잡은 당신의 손이
감당할 수 없을 정도의
따스한 체온을 이식해
보이는 모든 풍경에
뜨거운 생명력을 심어주었다.

집으로 혼자 돌아오는 길
내 손에도 어느새 복숭아 향이 났다.

복숭아 향

언제 이 안으로 들어온 건지
내 가슴 깊숙이 뿌리를 내려
완연히 자리한 당신

푸석푸석하고 메마른
사정없이 흩어진 가슴 한 데 모아
어느새 리본을 묶어버린 당신

그렇게 내 심장을 부여잡을
내 인생을 아름답게 포장해 준
그 자체로 선물이 되어버린 당신

선물

따사로운 노을이 담긴
시원한 바람을 풍기는
당신과 거닐던 호숫가

가슴은 따뜻해지고
행복한 선선함을 느낀
당신과 손을 잡은 호숫가

기분 좋게 자리 펴고 앉아
오래된 산문집 하나 꺼내
당신과 읽고 싶던 그날

절묘한 날씨와 풍경의 조화도
읽기 좋은 산문집도 아닌
당신의 눈동자가 행복이었다.

호숫가

내게 내밀던 당신의 손
부끄러워 감춘 나의 손

받아들이는 것에 익숙지 않아
바보같이 손사래만 치다

어느새 나의 손을 움켜쥔 그 손
결국 그 손에 깍지를 꼈다

손끝의 떨림과 희미한 맥박이
나의 마음마저 열어젖혔다.

손

창가로 들어오는 바람이
커튼을 살랑살랑
흔들어대고 있는 걸 보니

대략 알 것 같아요.
당신을 생각하는 내 마음을

커튼

기대가 크면 클수록
실망은 크게 다가왔다.

최대한 양보의 양보를 해
기대를 최소한으로 해도
작은 실망감이 겹겹이 쌓여
가슴속 커다란 혹이 되었다.

기대라는 것을 포기했을 때
당신이 주는 소소한 행복은
그만큼 쌓이고 또 쌓여
나의 안에 가득 흘러넘쳤다.

기대하지 않아도 충분했다.
서로가 항상 그 자리에 머물렀기에

기대

아무렇게나 나뒹구는
이 감정의 잡동사니들을
한쪽으로 몰아넣었다.

쓸고 닦았다.
더러워진 이곳을
보고 있을 수가 없기에

당신이 다시 한 번
이 마음을 방문해 주었을 때
충분한 여유를 가지고
반갑게 맞이할 수 있게

청소

똑똑, 문 두드리는 소리

누가 찾아왔는지
떠올리기도 전에
벌써 뒤바뀐 주변의 공기

반가움에 뛰쳐나가는
잠시 후의 내 모습이 떠올라

부끄러움에 최대한 마음을 억눌렀다.

무심히 다가가 문을 열자
미소 짓는 당신의 모습

나는 천천히 문을 활짝 열었다.

노크

조금만 놀라도 눈이 휘둥그레
기분이 좋으면 활짝 웃으며
좋지 않을 때는 금세 시무룩한

감정을 쉽게 읽을 수밖에 없는
거짓 없이 순수한 너의 모습
쉽게 보이는 너의 심리에
나는 보고만 있어도 웃음이 났다.

새까맣게 어둠이 내려앉은
바로 코앞조차 분간 못할 밤에도
조용히 떨고 있을 너를 생각하면
나는 분명히 찾아낼 것만 같다.

손을 잡아도 잡지 않아도
보고 있어도 보지 않아도
너라는 보물이 잠시 사라져도
찾는 건 가장 쉬울 것만 같다.

보물찾기

나는 건드려 보는 것을 좋아했다.
사실은, 좋아하는 것을
건드리는 것을 좋아했다.

길가에 핀 이쁜 꽃을 만져보고
지나가다 만난 길 고양이를 쓰다듬어 보고
그것은 호기심과 호감이 섞인 표현이었다.

보고만 있어도 기분 좋은 너

너의 손을 건드려도 보고 잡아도 보고
볼도 손가락으로 쿡 찔러보지만
분명 호기심의 행위는 아니리라.

문득 네가 똑같이 내 손을 잡아주고
나의 볼을 어루만져 주었을 때
나는 길가에 핀 들꽃이 된 기분이었다.

건드려 보기

처음엔 너무나 어려웠던
하지만 이젠 자연스러워진 눈맞춤

처음엔 심장이 터질 듯했던
하지만 이젠 익숙해진 입맞춤

처음엔 서로를 알아가기 바빴던
하지만 알고 보니 우린 서로 알맞춤

맞춤

깊은 밤이 찾아오면
극심한 우울감과 외로움에
나는 그리도 몸서리를 쳤다.

그 와중에 밤하늘에 달은 이뻤다.

어둠 속에서 벽과 하나가 되어
점점 더 구석으로 나를 밀어 넣고
그렇게 어둠에 잠식되고 있었다.

그 와중에 달은 여전히 빛났다.

잠식되어 가던 중 나는 꿈틀했다.
침전하던 머릿속의 부작용에
눈을 뜨고 빛나는 달과 마주했다.

당신은 나에겐 너무 각별했다.

각별

그날은 평소와 다를 바 없었다.
단지 새벽이었다는 것 빼고는

밤을 무서워하는 당신의 손을 잡고
나는 버팀목이 되었음에 족했다.

날씨는 흐렸고 습한 바람이 불었으나
새벽이라는 이 단어 하나로
이 공기를 다르게 수식해냈다.

이전과 무언가 다른 이 느낌은
새벽으로 인해 이루어졌다.

그날은 평소와 다를 바가 없었다.
단지 새벽이었다는 것 빼고는

새벽

둥근 달을 조명 삼아
당신이란 바닷속을
물고기처럼 유영하며
그림 같은 밤을 보냈다.

이 꿈만 같았던 밤이
어느새 조명은 꺼지고
환한 아침이 찾아오자
물거품처럼 사라져갔다.

이 밤의 아름다움을 맛본 이상
나에게 아침은 그저 아쉬움이었다.

아쉬움

또 밤은 찾아왔다.

매일같이 찾아오는 밤이
의미 있게 다가오는 이유는
너를 보고 싶은 마음이
밤마다 더욱 깊어지기 때문이겠지.

달이 뜬 밤은 설레게
달이 가린 밤은 깊게

너를 향한 그리움은
달이 차오르듯
그렇게 커져만 갔다.

매일 찾아오는 그리움
나는 또 밤이 왔다고
그렇게 돌려 표현했다.

또 밤

우리 사이의 갈등이
가끔 불꽃처럼 터지곤 했다.

이것 또한 사랑의 방식
혹은 사랑의 과정이라고
그렇게 여기며 지나왔지만

거듭되는 갈등의 일상이
점점 이 신경을 조여 오는 것은
나의 고뇌를 깊이 끌고 들어갔다.

하지만 집으로 돌아가던 밤
나의 집 앞에 서서 기다리는
너의 미안한 눈망울을 보면
그 순간 또다시 나는 녹는다.

우리가 만들어가는 사랑의 과정은
참으로 복잡하면서도
때로는 두근대곤 했다.

사랑의 과정

그냥 아무렇게나
이 감정을 전하고 싶어
있는 그대로 말했다.

분명 이것은 '사랑'이라고

솔직한 내 마음

너를 향한 마음을
마냥 숨기고 싶지는 않아
김밥처럼 돌돌 말았다.

그냥 고이 접고 접어
주머니에 넣을까도 했지만

다시는 꺼내 보이지 못할까 봐
언젠가 네가 펼쳐 보일 수 있게
실수로라도 펼쳐져서 보일 수 있게

일단은 돌돌 말아놓았다.

돌돌 말았다

이 바다에 흘려보내 본다.

지금 너에게 들려주고픈
내 마음 꾹꾹 눌러 담은
이 이야기를

언젠가 닿을 수 있으려나
만약 네가 본다면
조금은 부끄러운,

하지만 내 마음 모두 털어내
이 속은 시원하겠지.

차라리 파도에 휩쓸려 사라지면
부끄러운 마음 감출 수 있으니
그렇다면 그것도 좋다.

적어도 홀로 이 마음
계속 품어도 될 테니까.

편지를 띄우다

햇빛이 스며드는 숲속에서
얌전히 서있는 장면이 보기 좋아
꾸욱 눈을 감으며 기억했다.

가만히 앉아 눈을 감고
미소 짓는 당신의 모습이 낭만적이라
꾸욱 눈을 감으며 기억했다.

내 앞에 존재하는 당신이
영원히 기억하고 싶을 만큼 아름다워서
나는 그렇게도 눈을 감으며 기억했다.

카메라

우리의 앨범 속에
서서히 서로를 채워가고
우리가 함께한 시간 모두
그림처럼 새겨나갔다.

나는 너를 보듬어주고
너는 나를 아껴주고
그렇게 서로를 맞추어가며
서로가 서로의 액자가 되었다.

이제 우리의 액자 속에
서로를 그려 넣기로 하자.
맞잡은 두 손 울타리가 되어
서로만을 바라볼 틀을 만들었다.

액자

앨범을 펼쳐보았다.

땅에 수놓은 꽃밭처럼
가지런하지는 않아도
저마다 이쁘게 핀 사진들

목석같던 내 얼굴도
어느새 네 옆에서 웃는 걸 보니
너와 함께한 시간과 공간은
내게 설레는 놀이터였나 보다.

앨범을 정리해야 하지만
굳이 정리하지 않아도
사진 속 우린 서로 웃고 있으니
그 이쁜 조화를 한참이나 바라보았다.

앨범

여느 해와 다름없이 올해도
이맘때쯤이면 어김없이
피부는 서서히 건조해졌다.

촉촉함을 빼앗아가는
이 맑은 공기들이 싫어서
이불 속으로 숨어버렸다.

어느 날 어여쁜 손을 내밀던 당신
당신의 촉촉한 손을 잡고
나는 그렇게 보습하고 있었다.

내 마음도 한없이 부드러워졌다.

보습

땀 흘리며 힘겹게 걸어온 길
이제는 거동할 힘조차 없어
무기력하게 주저앉아 버렸다.

그동안의 열정이 무색하게도
불어오는 냉기에 땀은 식고
나의 온도는 한없이 떨어졌다.

어느새 나의 곁에 다가와
내 어깨에 머리를 기댄 당신
나에게 기댄 당신의 체온에
나의 온도는 다시 올라갔다.

그렇게 나는 온도를 충전하고 있었다.

충전

얼어붙은 내 손
갈 곳을 찾지 못하고
이리저리 방황하다

뜨거운 당신의 손을
덥석 잡아버렸다.

그런 나를 보고 웃으며
반대쪽 손을 펼쳐
내 두 손을 감싸주는 그대

얼음 위에 따뜻한 물을 뿌리듯
어느새 사랑의 수증기가 피어올랐다.

수증기

한없이 가녀린 나는
어두운 골목만 봐도 무서워
몸을 있는 힘껏 움츠리곤 했다.

정말 냉정하지 못한 나는
조금만 톡 하고 건드려도
금방 몸이 불처럼 뜨거워지곤 했다.

네가 그렇게도 좋은 나는
너의 작은 미소에도
쉽게 온몸이 간지러워지곤 했다.

심장

찰싹 붙어 다닌 우리
마침 떨어지려 하자마자
고무줄같이 튀어 오르며
다시 서로에게 돌아오는 우리

같이 뱉어내는 입김도
이 날씨엔 그저 안쓰러운데

서로에게 서로가 사라진
추운 날의 공기를 생각하니
그것만큼 괴로운 한파가 없다.

바람의 시기도 잠시.
고요한 가로등 불빛 아래
우리의 눈은 반짝였다.

우리

시린 손에 놓인 핫팩처럼
추운 날에 걸친 외투처럼
추운 방 덮었던 이불처럼

차가워진 나의 마음의
온기가 되어 준 당신

세상을 응시하던
시리던 눈가에도
따뜻한 당신이 나타나
마치 햇살 같았다.

뜨거워서 데이지 않게
적당히 따뜻한 햇살 같았다.

햇살

수북이 쌓인 눈처럼
하얗고 빛나는 우리의 감정이
그렇게 하루 종일 쏟아져
큰 산처럼 가득 쌓여버렸다.

눈처럼 쌓인 우리의 감정을
같이 만지작 만지작거리다
장난으로 던져보기도 하고
눈사람처럼 만들어보기도 했다.

급격히 온도가 떨어진 후
손과 발은 참을 수없이 시린데
하얀 감정은 상쾌한 것이
마치 눈으로 가슴을 씻은 것만 같다.

우린 녹지 않을 눈사람이 된 것만 같다.

눈사람

당신의 웃음에
눈을 뗄 수 없었다.

집에 돌아오는 길에도
그 웃음소리가 맴돌아
귀걸이처럼 떨어질 생각을 안 했다.

계속 생각나면서도
떠올릴 때마다
기분이 좋은 것이
귀에 보석이라도 박힌 것만 같다.

귀걸이

쌓였던 눈이 조금 녹은 오후
간만에 너를 만나러 나갔다.

오래 감기를 앓은 탓일까.
핏기가 희미해진 너의 얼굴에
나의 심장이 조금 쓰리다.

찬바람에 기침을 하는 너
물끄러미 바라보다
너의 손을 조심스레 잡았다.

미련한 겨울밤 산책을 나서도
하늘에 수놓은 별을 세며 웃는 너
그 모습이 아프면서도 예뻐서
내 가슴 한편에 몰래 저장했다.

저장

깊은 밤 짧은 시간을 내서
나를 만나러 온 당신

찬바람에 펄럭이는 옷 틈새로
바람이 스며들어갈까 봐
나보다 작은 그 손으로
내 옷깃을 단단히 여며준 당신

시린 내 손을 꼭 붙잡고
제발 따뜻하게 다니라고
잔소리하는 당신을 보니
웃음은 숨길 수가 없다.

그토록 바래온 운명과의 만남
항상 꿈꿔오던 소소한 행복은
이미 다 이루어졌지만
지금 이 순간은 그 행복의 연장선이 되었다.

연장선

당신의 손은 차가워도
마음속 온기는 가득한지
녹여주려고 잡은 그 손을 통해
이 가슴이 따뜻해졌다.

차가운 손이 무색하게
당신의 미소는 따사로웠다.

마치 애초부터
일정 온도를 보존한 듯
내 마음의 상태변화를 이끌어냈다.

녹는점

한참을 꼬아놓은 밧줄처럼
우리는 참 질기다.

촘촘히 묶인 우리를
세상은 풀어내려 할 수도
아예 잘라내려 할 수도 있지만

생각보다 참 질기다.

엉키고 엉킨 실타래가 아닌
조화롭게 잘 꼬인 밧줄처럼
우리는 보기 좋게 하나가 되었다.

누군가 섣불리 떼어내지 못할 만큼
우리의 사이는 아주 질기다.

질기다

가끔씩 사라졌던
별들의 바다

오늘은 웬일인지
길가에 들꽃처럼
가득히 피어

멀리서도 그 존재감은
물결치며 가슴을 적셨다.

너의 눈동자에 비친 별이
한없이 반짝거리고

나를 바라보는 그 눈에도
꽃이 피었다.

별, 꽃

당신을 향한 내 마음을
왜 표현하지 못했냐고 묻는다면

나는 나의 무지를 탓하고 싶다.

당신이 내게 준 사랑
그리고 그에 대한 내 사랑은

해와 달, 바람과 별
그리고 그 모두를 품었던
당신의 마음과 같았던 바다

그 어떤 대자연에 빗대도
이 사랑을 꾸미기엔 부족했으니

나는 이 마음을 묘사할
적절한 말을 찾지 못했다.

내가 무지한 탓인지
이 감정이 너무 거대한 탓인지는
아직도 알지 못하겠지만

무지

봄이 지고 여름이 오고
가을 뒤에 겨울이 오듯
모든 생명도 시간이 흐르는
그 순서에 따라 살아갈 때

당신과의 인연을 시작할 때도
정해진 순서를 떠올렸다.

먹구름이 껴 비가 올 듯
검고 깊은 바다는 요동쳤지만
당신과 서있는 그 순간에는
그저 아름다운 선율이었다.

날씨가 어떻건 어디에 있건
누가 먼저인지도 모르게
어느새 잡은 두 손을 보자
당신과 나에게 순서란 무의미했다.

순서

저 하늘 높이 뜨는 태양을
나의 작은 두 눈에 담고
저 넓게 펼쳐진 거대한 바다도
나의 두 눈에 담아냈건만

단 하나의 사랑밖에 담지 못하는
내 마음의 작은 그릇

하지만 한 사람을 위해
해도 달도 내 그릇에 담아놨으니
분명 그릇의 의미를 충족했다.

그릇

어디로 가는지 모르겠지만
쉼 없이 참으로 열심히 뛰던 너
그저 너와 함께 하는 게 좋아서
무작정 옆에서 같이 뛰었다.

우리가 달릴 때마다
옆에서 같이 따라오던 달
달에게 따라잡히지 않기 위해
그렇게나 내달렸나 보다.

결국 힘을 모조리 쓰고
땅바닥에 누운 우리 둘
오늘도 결국 달에게 따라잡혔지만
내일도 즐겁게 뛸 테니 잠시 쉬자.

달리기

가진 것 없이 그저 맨발로
가시밭길을 고통으로 인내하던 나
그렇게 걷고 걸어간 끝에
매끈한 나무로 된 다리에 도달했다.

가진 것도 빼앗겼던 삶에
순간순간이 가시덩굴이었던 당신
그렇게 걷고 걸어온 끝에
예쁜 나무다리 저 편에 나타났다.

달빛이 그윽이 비추는 맑은 호수 위에
그 다리에서 우리는 마침내 만났다.
이 순간을 위해 그렇게나 돌아온 걸까.
난생처음 느끼는 설렘의 감정이었다.

만남

Part 2

위로가
필요한
우리의
오늘

슬픔과 외로움을 끼얹은 듯했던 삶에서
우리는 서로에게 위로를 던지고 있었다.

맺혔던 물방울이
뚝하고 떨어졌다.

이 자연스러운 현상에도
감정이 이입되는 것을 보니
내 마음 한구석은
어디론가 떨어지고 있었나 보다.

의미를 부여하기조차 힘든
이 작은 물방울의 낙하에
나도 마치 날개를 잃은 것만 같다.

물방울

습기를 머금은
저 먹구름을
눈물을 머금은
이 눈으로 바라보았다.

어둡고 무거운 날씨와
그에 상응하는
이 무거운 마음은

같은 분위기 속에
무언가 쏟아질 듯
하지만 아직은 고요하다.

습한 날

조금 이른 아침
설불리 눈을 떴다.

이슬비 내리는 소리가
미묘하지만 또렷이 들려오는 건
이 아침의 세상이
아직은 조용하기 때문이겠지

오늘의 할 일을 떠올려본다.

이 고요한 세상에
소음이 찾아오게 되면
나 또한 그 중심을 지나고 있으리.

허나 나를 누르고 있는 압박은
얇은 이불 하나뿐이니

나의 무거운 마음은
굳이 지금 들어 올리지 않는다.

아침

잠에서 깬 지
한참 되었는데
잠옷을 벗지 못했다.

겨우 몸을 일으켜
하루를 보내는 와중에도
잠옷을 벗지 못했다.

밖으로 나가지 않는 것이
침대와 한 몸이 되는 것이
오늘의 나의 옷인 것만 같아
나는 잠옷을 벗지 않았다.

잠옷

가끔은 부럽다.
하늘에 떠 있는 저 구름이

세상 여유롭게
하늘에 누워
조용히 흘러가는 모습

지금 내가 누운 침대는
하늘 위가 아니기 때문일까.

조용한 선풍기 바람에도
어쩐지 여유롭지 못한 마음

구름의 여유

축축이 젖어있던 내 얼굴이
꽤나 우울해 보였을까.

오죽했으면 태양은
내 눈물을 바짝 말리려
뜨겁게 타올랐다.

피부에 스며드는 햇살에
기분이 나아진 것도 잠시

무더위에 나는 흠뻑 젖었다.

무더위

우중충한 콘크리트 바닥과
한껏 맞닿은 햇빛을 피해
나는 그늘 밑으로 숨었다.

옅게 한숨을 내쉬어본다.

삶의 의지가 가끔씩 없어질 때
지금처럼 어딘가로 숨곤 했다.

대면하고 있는 현실이 싫어
나는 어떤 식으로든
빠져나갈 구멍을 만들어 왔다.

저 구름처럼 여유로운 마음을
저 햇빛처럼 밝은 내 모습을
숨어서 한껏 상상이라도 해본다.

한동안 뜬구름을 잡고 있었다.

뜬구름

오늘은 조금 다르게
잿빛 하늘을 보며
진한 색감을 띤
그 감정선에 빠졌다.

적막한 구름이
마구 뒤엉킨 하늘엔
그래도 따뜻한 마음이
섞이지 않았을까.

그래서 이 온도가
꽤나 높은 것은 아닐까.

먹구름에 색감을 이식한
나의 희한한 눈동자에
하얀 빗방울이 떨어졌다.

먹구름

밝은 낮보다
생각이 더욱 깊어지는
어두운 이 밤

모든 감각이
예민하게 반응하는 시간

끊임없이 파고드는
오만가지의 생각들은
내 머릿속 군데군데
둥지를 틀었다.

또렷이 들려오는
갖가지의 목소리에
나는 모두 응답할 수가 없다.

예민한 감각의 최고치를
오늘 또 한 번 갱신했다.

예민한 밤

나는 온몸의 힘을 빼고
오로지 코를 통해
호흡하고 있었다는 것을.

억지로 입을 열고 싶지 않았다.

그 어떤 생각이나 감정을
드러내도 싶지도,
한숨처럼 보일 듯한
단순한 일상 속의 호흡도
표출하고 싶지 않았지만

쥐 죽은 듯 조용하게
살짝 입을 열어 호흡한다.

코가 뚫릴 때까지.

코막힘

달콤한 낮잠에 들기 위해
모든 예열을 마치고
이불 속으로 들어갔다.

이때는 정말
행복한 몸과 마음이었으나

몇 시간을 잔 것일까.
깨고 나니 저녁

참을 수 없는 피곤함과
긴 잠의 시간을 헤엄친 후회
그리고 내일에 대한 걱정

낮잠

자라난 머리털만큼
고민도 샘솟는 것만 같다.

뽑아서는 해결되지 않는
하나하나 풀어가야 하는
지긋지긋한 고민의 굴레

밤을 받치고 서 있는
저 지평선을 바라보며
나는 고민을 곱씹었다.

해결이 될 지, 되지 않을지
그것조차 고민이지만

들이마시는 공기는 아직 여유로웠다.

고민

내일이 다가오는 것이
다시금 서글퍼지기 시작했다.

경험이란 기억은
결국 걱정을 양산해
나를 괴롭히고 있다.

어차피 다가올 것이라면
담대하게 맞서도 될 것을

사서 하는 걱정이란
왜 쉽게 떨쳐내기도
왜 쉽게 다가오기도 하는 걸까.

걱정

잃어버린 기억들을
머릿속에 하나씩 떠올릴 때
그 희열이 참 좋았다.

하루 종일 굶은 사람처럼
잊은 기억에 대한 열망은
사람을 참 예민하게 만든다.

별것도 아니라고 생각하면서도
기억의 굶주림을 채우고 싶었다.

기억의 소중함을 깨달았다.
내게 포만감을 안겨주었다.

기억의 포만감

고요한 밤을 꾸몄던
그 풀벌레 소리

고운 달이 뿜어내던
은은한 달빛의 향기

어떤 감정으로
이 밤을 취할까 생각해보며
깊게 숨을 들이마셨다.

금빛의 공기가
가슴속으로 파고들 때

나는 이 밤을 마시고 있었다.

밤을 마시다

극심한 무더위에
열어놓았던 창문이
차가운 냉기가 들어오자
어느새 닫혀버렸다.

혼자 있는 두려움에
마음의 창을 열었다가
깊숙이 마음의 상처만 입은 채
결국 그 창도 닫아버렸다.

닫힌 창문은 답답했다.
시원한 바람이 창문을 두드리듯
따뜻한 당신이 내 창을 바라볼 때
나는 조금씩 창문을 열기 시작했다.

창문

격분하던 바람은
어느새 잠잠해져
나의 가슴도
조금 진정이 됐다.

이리저리 날뛰던 감정은
너의 조용한 숨결에
어느새 미동을 멈추고
그 숨소리를 감상했다.

고요

입가에 걸어놓은 환한 웃음은
돌처럼 굳은 나를 따라 웃게 만들었다.

예쁜 그 웃음을 계속 보고 싶어
이 자리에 멈춰 선 채 나도 웃고
내 시선은 이동할 생각을 하지 않았다.

그동안 무턱대고 돌담처럼 쌓아놓은
지난날들의 쓸데없는 감정들이
당신으로 인해 한 번에 씻겨 내려가니
세상에서 가장 쉽고도 귀한 구원이었다.

구원

나의 표정과 행동 하나하나
감시하는 사람들의 눈을 피해
쫓기고 쫓기다 집으로 왔다.

고요한 적막을 깨는
나를 맞이하며 달려오는
너의 사랑스러운 소리

굳이 말을 하지 않아도
눈만 보면 서로 다 아는데
우리가 같이 살아가기 위해서
왜 나는 차가운 밖으로 나가야 할까.

얼어버린 몸과 마음을
너의 체온으로 조금씩 녹인다.

나의 삶 속에 너는 이미 자리를 폈다.

공존

저 하늘 위에 떠 있는 구름들이
부럽고도 질투가 나서
정말 뚫어질 정도로 쳐다보았다.

닿을 수 없는 존재들을 느끼고
그와 동시에 목이 아파 왔다.

위로 올라갈 수 없는 절망에
고개를 숙이고 땅과 마주했다.

갑자기 머리 위에 쏟아지는 비가
그들의 비웃음처럼 들릴 때
당신이 다가와 씌워 준 우산

올라가고 싶던 하늘을 가리니
욕심을 내려놓고 편안해졌다.
당신이 만들어 준 지붕이
내 마음의 안식처가 되었다.

지붕

빗방울이 떨어지던 밤
회색빛을 띤 나의 심장은
검은 비에 종잇장처럼 젖어
빌딩 한편의 그림자로 변했다.

하얀 우산을 쓴 당신이
빛처럼 눈부시게 다가와
그림자 위로 우산을 씌워주며
차가운 그림자를 꼬옥 안아주었다.

검은 비에 젖은 검은 심장이
점점 회색빛으로 변하더니
결국 새하얀 백지처럼 바뀌었다.
더 이상 나는 그림자가 아니었다.

변색

유난히도 구름이
내 머리 바로 위까지
맞닿은 듯한 느낌이 든 날이었다.

언제 비를 뿌려댈지 몰라
경계심을 가진 것도 잠시

울적해진 이 가슴을
위로하려고 다가온 구름에
내 마음에 먹구름은
조금 걷히는 기분

우중충한 날씨가
괜히 나를 위로해 주는 탓에
맑아질 내일을 기대했다.

흐림 뒤 맑음을 기대하며

복잡하고 무성한 잡초가
머릿속을 복잡하게 했다.

아름답게 피어야 할 꽃의 뿌리가
잡초들에게 막혀 죽은듯했다.

못된 생각들이 머리를 헤집고
잡초처럼 쉽사리 사라지지 않는데

당신과의 기억이 꽃처럼 자라나
나의 머릿속 한가운데 피어났다.

수많은 잡초들 위로 환히 떠올라
이젠 꽃밖에 보이지 않았다.

기억

달이 곤히 잠든 겨울밤
싸늘한 밤공기에 짓눌려
작아져만 가던 차가운 심장은
다시금 몸을 일으키려 애썼다.

얼음장 같은 내 손을 잡으려
자신의 체온을 빌려준 당신
그 따뜻한 온기에 볼도 붉어져
애꿎은 하늘만 쳐다보았다.

내 차가운 심장을 대변하는 듯
조금씩 떨어지는 밤하늘의 눈이
당신의 심장을 닮은 물이 같이 섞여 내려
땅에 떨어진 눈도 금세 녹아내렸다.

진눈깨비

홀로 보내는 이 밤
당신이 옆에 없으니
이 순간의 가치란
내겐 조금 아쉽다.

좋지 못한 순간이라면
차라리 나으련만

그것을 제외한 모든 순간에
당신이 내 옆에 있기를
소원하게 되는 이 순간

우린 적어도 같은 하늘 아래
같은 하늘을 쳐다보고 있을 테니
그것으로 순간의 아쉬움을 채우다.

순간

어수선한 머리카락을
한쪽으로 쓸어 넘기며
얼굴을 드러냈다.

불어오는 바람은 야속하게도
기껏 넘긴 머리카락을
참 거칠게도 흩트려 놓는다.

지친 나머지
손을 놓는다.

가끔은 망가진 채로
그대로 있는 것이
편할 때도 있기에

망가진 채

적막만을 품은 고요한 방에서
시계 초침이 움직이는 소리를 들었다.

끊임없이 흘러온 시간
그동안 나는 얼마나 많은 사랑을 받았던가.

그들에게 받아온 사랑에
망가지는 내 모습을 보이고 싶지 않아
나는 계속해서 이 적막한 방에
나를 숨기고는 했다.

시계 초침 소리는 여전하다.

현재를 계속해서 갱신하는 초침을 보며
스치듯 흘러온 과거를 이제야 되짚는 것에
꽤나 죄스러운 감정이 들지만

내 삶의 초침이 멈출 때까지
나는 사랑을 하리라.

지금부터 흘러가는 시간의 흔적에
후회를 남기지 않게끔.

시계 초침

기나긴 하루를 보냈다.

생각보다 바쁘지 않았던 날에
내 눈은 깨어있어도
가슴은 적당한 휴식을 품었다.

한때 오늘의 하루를 돌아보는 것을 좋아했다.

요즘은 하루를 돌아보기도 전에
다가올 내일을 걱정하는 탓에
내 생각은 행복하게 흘러가지 못했다.

지금 나는 쉼터에 있다.
마음속 여유 공간을 확보하며

오늘의 하루

높은 건물 창문에 비친
저 햇빛의 쓰임새를 알았다.

높이 올려다 본 시선
그 고개의 수고에 보답하듯
나를 향해 반짝였기에

현재 나아가고 있는 나에게
미래의 반짝임을 일러 주었기에

햇빛의 쓰임새

온몸을 소름으로 뒤덮은
모든 온기를 앗아갈 날씨

내 마음에 불을 지폈던
지금은 떠난 당신의 온기가
나의 가슴에 아주 작게 남았다.

이 불씨가 꺼지지 않게
이 온기가 떠나지 않게
그렇게 빈 가슴을 안고
안달하며 옴짝달싹 못하다

멀리 보이는 당신의 모습에
맥없이 볼에 떨어지는 이슬

눈이 마주친 당신의 눈가에도
뜨거운 해를 닮은 눈물

꺼져가던 불씨는 서서히 밝아져 갔다.

불씨

때로는 두 팔 벌려
꼭 안아주고 싶다는 걸
당신은 알까.

모진 바람을 맞으며
정신없이 흔들렸을
풀 죽은 당신이
이 가슴속에 쉬었으면 한다.

잠시 그 바람을
이 몸으로 막아낸다면
잠깐이나마 당신을
웃게 할 수 있을 것 같아서

바람막이

때로는 저 달이
고독을 몸소 보여주며
나를 위로하는 것 같다.

위로를 받고
고독을 이겨내면
나도 누군가에게
위로를 줄 수 있겠지.

고독

흙먼지에 파묻혀있는
안쓰러운 너를 보고
조심스레 손을 내밀었다.

까매진 자신의 손을
내미는 것이 부끄러운지
너는 한참을 망설였다.

더러웠던 나의 손도
닦은 지 얼마 되지 않았는데
나는 누군가를 위로할
자격이 되는 걸까.

하지만 내밀던 손을
거둘 수 없었다.

당신이 나를 위로하던
그 손길을 잊을 수 없기에
나는 천천히 손을 뻗는
너의 손을 기다리고 있다.

보답

급하게 등을 돌린
당신의 뒷모습에서
슬픈 눈물이 느껴졌다.

말뿐인 위로의 말도
무심코 건네는 손길도
당신의 마음을 건드릴까
나는 조용히 기다렸다.

눈물을 닦고
어깨를 펴서
다시 웃으면서
나를 돌아볼 때까지

나는 가만히 서서 기다렸다.

당신의 뒤에서

눈물 흘려도 돼요.

하지만 그렇게
오래 보고 있기는 힘들어
이 손을 내밀게요.

조금 진정이 되면
이 손을 잡아줘요.

이 손을 잡아줘요

정신 차리라고 말하지 않기로

내가 만약
당신의 맨정신이 된다면
얼마나 고통스러울지
너무나 잘 알고 있기에

섣불리 정신 차리라고
그렇게 말하지 않기로.

정신을 차리지 못하게 만드는 것에
사람들이 의존할 수밖에 없는
그 심정을 알 수가 있기에

지금은 생각하지 말라고
그렇게 말하고 기다리기로

맨정신

그냥 지금처럼
웃어만 준다면

나는 더 이상 너에게
바랄 것이 없을 텐데

무엇이 너를 항상
찡그리고 눈물짓게 만드는 걸까.

손잡아 주고 싶은 마음
항상 넘쳐흐르는데

매 순간 손잡아 줄 수 없는 게
나를 죄스럽게 만드는 걸

웃었으면

부드럽고 따뜻한
당신의 손을 잡았을 때
왠지 모를 아픔과 슬픔이
내 손을 통해 느껴졌다.

반들반들한 조약돌처럼
얼마나 많은 고통 속에서
깎이고 깎였을까.

그 부드러운 촉감이
수많은 괴로움을 거치고
이루어 낸 모습이라 생각하니
꽉 잡은 두 손은 아련하다.

어떤 온도도 잘 흡수하는
조약돌 같은 너를 위해
더 따뜻하게 너의 손을 꼭 쥐었다.

조약돌

얼마나 외로웠을까.

혼자서 감당했을
지독한 시간들과
그에 따른 자책의 시간들

너의 어깨 위로 내려앉은
그림자의 크기가 꽤나 크다.

어둠 속에 쭈그리고 앉은
당신에게 빛이 되어 주고 싶다.

홀로 썩혀왔던 가슴속을
나에게 드러내 주었으면 좋겠다.

우리 사이에 닫힌 창문을 열어
슬픈 얼굴을 나에게 비추고
나에게 아픔을 덜어내면 좋겠다.

무엇이든 나에게 털어내 버리면
나는 그냥 좋겠다.

소통의 창구

그대가 앓는 소리에
왜 자꾸 마음의 상처가 묻어 나오는지

내가 해줄 수 있는 것이
그리 마땅치 않음은
그 상처를 더욱 내 것처럼 만들었다.

분명 쉽게 낫거나
지워지지 않을 테지만
조금이나마 나아질 때까지
나는 가만히 눈을 감는다.

달이 구름 속에 숨는 장면엔
얼마나 많은 복잡함이 담겨있을까.

그래도 내게 웃어주기 위한 준비를 하느라
구름 속에 숨은 너의 시간은 조금 길다.

묵묵히 기다렸다.
결국은 나만을 생각해 주는
그 배려에, 그 따스함에

당신의 상처, 그 언저리라도 보듬고 싶어
곧 맞잡을 두 손을 주머니 속에서 데웠다.

나는 항상 이곳에

차가운 현실에
손은 아주 시리다.

깨질 듯했던 손을
마구 움켜쥐었다가
슬쩍 펼쳐보니
손바닥은 매우 창백했다.

그 손이 안쓰러웠는지
당신은 나에게 다가와
창백한 두 손을 잡아주었다.

어느 정도 시간이 지났을까.

혈색이 돌아오는 느낌에
손을 슬쩍 펼쳐보니
보기 좋게 벌게져 있었다.

혈색

오늘도 버티기를 하고 있다.

눈에 띄지 않는 먼지처럼
아주 희미하게 쌓이다
어느새 눈덩이처럼 커진
내 어깨 위에 자리한 짐

무게에 눌려 쓰러질까 봐
있는 힘껏 다리에 힘을 주고
버티기를 하고 있다.

힘들 때 당신을 생각했다.
내면에 퍼진 당신의 빛은
나를 더욱 뜨겁게 만들어
어느새 뜨거운 땀이 주르륵 흘렀다.

얼마나 버티고 있었을까.
조금씩 어깨 위의 눈이 녹고 있었다.

버티기

도대체 언제 어디서
나는 잊어버린 걸까.
왜 잊었는지 왜 중요했는지
그것조차 기억나지 않는 시점에

나와 너무 닮은 당신을 만났다.

끊임없이 오가던 대화에
잃어버렸던 분실물을
하나씩 하나씩 찾게 되었다.

잃어버린 무언가를 찾기보다
무언가를 잃어버리지 않기 위한
당신과의 동행이 시작되었다.

분실물

무료한 주말의 오후를 보낼
축복받은 당신에게
이 메시지를 보내고 싶다.

'고생했어, 푹 쉬어.'

메시지

불합리한 것은 억울하다.

나는 나로서 존재하고
나를 나답지 않게 만드는 것들은
나에게 모두 불합리하다.

모두가 순응하고 살지만
이런 나를 한없이 지지해주는
네가 내 옆에 있어서 기쁘다.

너와 숨 쉬며 함께하는 공간은
우리에게 아주 합리적이다.

다만 항상 붙어있을 수 없다는 게
조금은 불합리하다.

그래서 내 마음에서나마
너는 항상 존재한다.

불합리

이미 다 컸다고 생각했는데
너와 보내는 장난스러운 하루에
나의 마음은 꽤나 어렸나 보다.

사람은 저마다 다르다고 생각했는데
너와 같은 감정을 공유하는 하루에
우리의 마음은 똑같았나 보다.

동심

자신을 낮게 보고
비관하지 마라.
내게 당신은
사랑받을 자격이 있다.

홀로 쓸쓸하게
상처를 감내하지 마라.
내게 당신은
위로받을 자격이 있다.

너무 겁내지 마라.
언제나 사랑을 꿈꾸는 당신은
충분히 소중할 자격이 있다.

자격

크게 말하지 않아도
서로에게 잘 들릴 만큼
가까이 마주 보는 우리

하지만 서로에게 전하는 말은
참 멀리도 돌아갔다.

때로는 이 대화의 거리가
보이지 않는 우리의 거리라고
낙담하며 여기기도 했으나

서로를 배려하기 위해
마음 상하게 하지 않기 위해
그렇게 먼 길을 돌아갔다는
사실을 깨달았다.

우리 앞에 떨어진 대화의 실타래는
널브러져 있었지만 엉켜있지는 않았다.

실타래

너의 이야기를 들려줘서 고맙다.

너를 잘 알고 있다고 믿은 나는
정작 너의 가장 아픈 부분을
보듬어주지 못하고 있었구나.

그래도 내 옆에 있어 줘서 고맙다.

힘든 내색하지 않고
나만을 보듬어 준 너를
더 아끼고 사랑할 수 있게 해줘서

그 고백에 나는 고맙다.

고백에 대한 고백

뺨을 타고 흐르던
그대의 마음을 모아 모아서
한참을 빚고 빚었다.

형태가 잡힐 듯하다가
다시 흐트러지는 마음을
한데 모으기 힘들어

나의 마음도 꺼내어
당신의 마음을 같이 빚자
사랑이 만들어졌다.

사랑을 빚다

찰싹 붙어있던
우리의 그 시간은
무엇과도 견줄만한
아름다운 것이었다.

뜨거운 햇살과
먹구름 낀 구름
그리고 쏟아지던 비

그 어떤 날을 보내도
우리의 가슴은
항상 따뜻했으니

지금의 우리를 이어 준
매개체를 고민해보다

우리가 함께한 시간과
주고받은 모든 말이
각자를 서로로 만들어 낸
매개체임을 깨달았다.

매개체

청량한 하늘 아래
그대와 서 있는 어느 곳이든
멋진 조경을 형성했다.

남루한 행색과 마음도
당신과 마주한 이곳에서
아름답게 탈바꿈했다.

아무것도 가지고 있지 않아도
아무것도 필요하지 않았다.

아무것도

너의 두 입꼬리가
날개처럼 위로 솟아올랐을 때
나에게도 마치
두 날개가 생긴 것만 같았다.

우리는 그렇게 미소를 짓고
하늘로 날아오르는 기분을 느꼈다.

그렇게 구름 위를
한없이 유영하다
비가 떨어지면 비행을 멈추고
잠시 나무 밑에 쉬어도 되겠다.

이미 돋아난 날개는
사라지지 않을 테니까.

날개

Part 3

이
흔한
감성을
당신에게
주고 싶은 매일

하루의 모든 것을 당신과 공유하고
느끼는 모든 마음, 그대에게 전하고 싶다.
이 흔한 감성을 빌려.

편안함보다
불안함 속에서 보낸 시간이
더욱 길었던 탓인지

자리 깔고 앉은
휴식의 시간에도
1초씩 앞서가는 미래는
손을 흔들며 나를 재촉했다.

천천히 땅을 짚고 일어나
애석한 손만 털어본다.

잠시, 아주 잠시만
불어오는 바람을 들이마시자.
지금 스치는 1초의 여유도
나에겐 소중한 것이기에.

1초

솔솔 불어오는 바람에
한껏 흔들리는 꽃잎

나는 바람처럼 조용히
꽃 같은 너를 간지럽혔다.

움찔하고 움츠러들기에
손을 멈추었더니
다시 고개 드는 꽃잎

조심스레 다시 건드려 본다.

간지럼

너에 대한 마음을
진정으로 표현하자면
정말 정말 많은 비유를
쓸 수도 있었을 테지만

이미 잘 알고 있는 듯한
너의 얼굴을 보며 그냥 웃었다.

너에 대한 감사를
진정으로 표현하자면
정말 정말 많은 비유를
들 수도 있었을 테지만

때로는 이 은근한 방법보다
그냥 꼭 안아주었다.

비유

누가 먼저랄 것도 없이
같은 생각을 떠올리는 우리

같은 곳에서 아파하며
같은 곳에서 즐거워했다.

하나의 뇌와 심장으로
동시에 호흡하는 것처럼

우리는 같은 시간에 존재했다.

호흡

화창하고도 높은 하늘
뜨거운 햇볕 아래
솜사탕같이 떠 있는 구름은
나의 두 눈을 달게 했다.

바삐 걸어가는 인파 속에서
무게추를 달아 놓은 듯
무겁고 느린 발걸음은
연희동을 천천히 느꼈다.

앞으로 고정된 시선들 틈에
눈부신 하늘을 보던 나의 눈은
구름과 구름이 입을 맞추는 진풍경을
온전히 담기 위해 애썼다.

연희동의 하늘

푹푹 찌는 여름밤
내 눈동자라는 그릇에
저 깊게 뜬 달 한 움큼
나를 바라보는 너의 얼굴 한 움큼
담아놓고 있노라면
나는 무더위에도 불쾌하지 않았다.

시원한 너의 다리 위에
뒤통수를 포개고 누워
달빛인지 너의 미소인지
알 수 없는 눈부심을 느끼며
반쯤 눈을 감고 있노라면
나는 이 여름밤이 불쾌하지 않았다.

여름밤

웃는 모습이 부끄러운지
구름 속에 몸을 숨긴 너

옅게 짓는 미소도
활짝 웃는 함박웃음도

그 어떤 것도 밝고 예쁜데
오늘따라 가려진 게 서운하다.

네가 나타나서 웃는 순간
나에게는 너만 보일 정도로

온 세상은 어둠이 되고
너는 찬란한 빛이 되지만

네가 가려지는 세상은
흐릿한 어둠뿐이었다.

달

형형색색 밤거리를 비추는
그 불빛들을 지나가며
여태 지나쳐 온 순간들을
자연스럽게 떠올렸다.

힘들었던 밤도 있었지만
저 불빛처럼 밝았던 순간도
생각보다 적지는 않았다.

그럼에도 지금 공허한 가슴은
그것들을 붙잡지 못하고
지금처럼 지나쳐 온 까닭일지도.

걸음을 멈추고
눈앞의 가로등 앞에 섰다.

그래도 아직은 밝은 것 같다.

지나쳐 온 것

고요한 여름밤 호수 위에
소나기가 쏟아져 내릴 때
끊임없이 요동치는 물결의 파동은
'쏴아'하는 소리와 함께
나의 피부에 짜릿한 시원함을 선사했다.

지난밤 나에게
당신이 빛처럼 쏟아져 내릴 때
끊임없이 요동치는 마음의 파동은
'두근'하는 소리와 함께
나의 가슴에 불같은 뜨거움을 선사했다.

파동

비가 거칠게 내리던 밤
작은 우산 하나를 들고
우리는 꼭 붙어 걸었다.

혹시라도 비에 젖을까 봐
바람에 흔들리는 우산을
그렇게도 열심히 붙잡았다.

머리 위로 떨어지는 비가
우리의 가슴으로 떨어져 울릴 때

찰싹 붙어있는 체온 사이로
시원히 젖어 들어가는 뜨거운 마음

우산은 하나면 충분했다.

우산 하나

불행과 행복이
공존하는 머릿속

미래에 대한
불안과 기대도
한 데 뒤섞여
정신은 이미 말이 아니다.

어두운 밤하늘과
저 별들의 뒤섞인 광경은
내 모습과 다를 바가 없구나.

그래도 보고 있으니 예쁜 것은
앞으로를 기대해도
조금은 괜찮다는 것이겠지.

그래도 기대해본다

강요당했던 삶의 방향과
혼자 다른 길을 걷고 있었다.

모두가 나를 스쳐 지나가고
묵묵히 반대로 걸어가는 와중에

자꾸 뒤를 돌아보며
이 앞길의 불안함을 품었다.

마침 나와 같은 방향으로
망설이며 걸어오는 당신을 보았을 때

혼자가 아니라는 안도감이었을까.
동행인의 등장에 대한 기쁨이었을까.

나는 걸음을 늦추고
당신에게 맞춰 걸었다.

나는 반대로 가고 있다.

그러나 당신과 함께 걸어가는 이 순간
이 길의 끝에 존재할 희망을 본다.

동행

대낮의 환한 태양은
커다란 조명이 되었지만

이 조명 아래에 선 나는
부담스러움에 얼굴이 뜨거워졌다.

가끔 검게 칠해진 그늘에 숨어
깊은숨을 들이마시며
여유로움을 되찾아 본다.

살랑이는 바람과
그늘의 시원한 조화는
나를 매우 여유롭게 만들었다.

그늘의 여유

수분을 머금은 공기가
피부 가까이 느껴지는 것이
하늘에서 무언가 쏟아질 것만 같다.

하지만 가득 품은 구름이 떠 있는
이 날씨를 나는 좋아했다.

차마 우산을 챙기지 못했지만
눈이 내리든 비가 떨어지든
같이 처마 밑에 서서
조용히 풍경을 같이 감상할
네가 옆에 있어 평화로운 하늘이다.

너의 마음처럼
나의 마음처럼
무언가 잔뜩 머금은 하늘이다.

머금은 하늘

갑작스레 쏟아지는 비에
종잇장처럼 금세 젖어버렸다.

폭염을 씻어 내리는 비는
더위로 상기된 정신을
시원하게 만든다.

고요한 밤거리
추적추적 내리는 빗소리
이 매혹적인 비의 감성은
또렷하게 전해져 오는 것 같다.

내 안의 뜨거움은 저물고
나는 축축하게 젖어 들었다.

비의 감성

나라는 존재에 대한
발단과 이유를 찾는 건
매우 복잡한 일이지만

지금껏 살아오고
앞으로 살아갈 이유는
너라고 말할 수 있겠다.

억지로 몸을 위해
밥을 먹고 잠을 자는 것이

미래를 생각하며 준비하는
그 귀찮은 일이 필수가 된 것이

그 계기가 너란 걸 조금씩 깨달아가며
현재의 나로서 너의 옆에 살고 있다.

계기

창문을 두드리는
저 촉촉한 빗소리에
젖어드는 감성,
그리고 내 마음도 젖었다.

굳이 밖을 나서지 않아도
찾아오는 서늘한 공기는
나를 만족시키고는 한다.

슬픈 일을 겪고 싶지 않지만
슬픈 영화에는 빠져들듯이

나는 간접적으로
저 비를 흠뻑 맞았다.

젖다

즐거움도 우울함도
그 어떤 것도 느끼지 못하는
무념무상의 상태

무언가 느끼기가 힘든
이 감성의 빈곤에 시달릴 때
닫힌 창문을 활짝 열었다.

따사로운 햇볕을 조명 삼아
바람을 타고 춤을 추는
저 나무와 풀들
그리고 사람들

미묘한 효과일 뿐이었지만
그래도 편안한 기분을 느끼며
한참 동안 창밖을 내려다보았다.

감성의 빈곤

공기도 춥나 보다.
추위를 이겨내기 위해
이리저리 쌩하고 뛰는 바람에
가만히 서 있던 나도 춥다.

공기도 춥나 보다.
추위를 이겨내기 위해
껴입은 내 옷 사이로 스며들어
꽉 안기는 바람에 나도 춥다.

나는 공기 때문에 정말 춥다.
저 멀리 걸어오는 당신을 향해
바람처럼 쌩하고 뛰어가서
따뜻한 당신의 품에 안기고 싶다.

공기의 마음을 조금 알 것 같다.

공기의 마음

땀으로 흠뻑 젖게 했던
무더운 여름이 지나갔다.

당신도 지금의 나처럼
가을의 색으로 물들어가고 있을까.

상쾌함을 가득 껴안고
맘껏 불어오는 바람을 맞이하는 것은
매번 다른 해를 맞이함에도
또 다른 신선함으로 나를 만족시켰다.

우린 무엇으로 물들었던 것일까.

때로는 욕심과 질투, 그로 인한 상처로
아주 검게 물들었던 것은 아니었을까.

가을의 색을 맞이해보자.

노랗게 벌겋게
가슴 가득 물들여
시간에 맡겨 흘려보낸다면

결국은 푸르게 그 마음도 맑아질 테니

가을의 색

불그스름하게 떠오른
노을을 배경으로 삼아
쓰디쓴 커피를 들이켰다.

카페인이 피로 잠식해
몸으로 퍼지는 이 느낌이
좋은 건지 좋지 못한 건지

노을이 사라져가는 즈음
위로부터 내려오는 짙은 어둠
시간의 마감을 알리는 듯했다.

마감

지워지지 않는 장면만
무려 수백수천 가지

기억력을 이유로 들기엔
그 장면들의 충격은
내 가슴속에 비수로 꽂혔다.

왜 나쁜 기억은 항상
좋은 기억보다 우선일까.

그래도 그 장면들은
잊히지만 않을 뿐
모두 지나간 일이기에

나는 고개를 들어
저 밝은 달을 응시한다.

매일 보아 새로울 것 없다 해도
조용히 뜬 달을 보는 일은
나의 기억 가장자리에서 빛나겠지.

장면

지금은 옛날이 되어버린
그 골목에 서 있었다.

기억하는 풍경과는
꽤나 달라진 이곳이
내가 알던 그 장소인지
이제는 헷갈렸다.

해가 저물어오는
그 익숙한 석양의 하늘도
달라진 바닥과 조우하니
정말 다른 세상이 된 것 같다.

추억이 날아가 버린 자리에
가슴속에서는 날지 못하게
혼자 한참을 붙잡고 있었다.

옛 골목

내 시린 눈가에
저 따스한 햇살을
가득 채워주오.

그 안에 흐르던 물길은
바짝 말라 흔적도 없겠지만

내 가슴 한가운데
당신의 심장으로
가득 채워주오.

지금은 조금 비좁아도
곧 당신으로 가득할 테니

가득

이제는 꽤나
밤의 공기가 쌀쌀해졌음을
눈을 감고 느낀다.

작년 이맘때의 나는
지금 같은 서늘한 공기 속에서
무슨 생각을 하고 있었을까.

기억이 뚜렷하지 않은 것은
그때도 지금처럼
무언가 복잡한 것들을 떠올렸으나
밤의 공기를 마시다 보니
문득 그것에 그윽이 취해 있었나 보다.

지금 마음 한구석이 쓰린 것은
앞으로 해결해나갈 일들이
이 한구석에 자리를 잡았기 때문이겠지만

결국 순간적으로 잊어버린다.
난 가을밤의 한가운데 있었기에

건망증

밤에 눈이 떠지는 까닭은
아마 나도 모르게
너를 보고 싶어서가 아닐까.

어두운 하늘
조용히 자리한
너라는 조명은
잠에 들기 딱 좋은데

나는 잠들 수가 없다.

지금 네가 가장 예쁜 이 시간

달이 뜬 밤

당신의 웃는 모습

그 웃는 옆모습과
웃는 앞모습,
위에서 보는 미소도

내게 입체적 아름다움을 선사했다.

그것을 여러 각도로
탐구한다는 것은
어찌 보면 부질없는 것

어디에서 봐도
아름다운 저 달처럼

내 앞에서, 옆에서
환하게 미소 짓는
당신의 모습

그 모습

기운이란 실체를
보지는 못했지만

당신이 내게
그것을 주고 있음을
나는 분명히 느꼈다.

힘들고 슬플 때
우울함이 나를 옥죄는
가슴 깊숙이 젖은 날에도

당신은 그 심연에서
나를 건져 올렸다.

특별한 행동이나 말이 아닌
당신이라는 존재의 기운
그것 하나 때문에

당신의 기운

시간은 계속 흐르고 있다는 것이
문득 실감 나기 시작한다.

달빛을 잔뜩 머금은 탓인지
잎은 벌써 노랗게 물들었고
가로등에 비친 내 눈동자는
이 가을에 물든 것만 같다.

그에 반해 푸른빛을 유지하고 있는
저 나무가 아름다워 보였다.

나도 때론 시간에 물들지 않고 싶다.

시간에 물드는 일

건조한 색감이 자리한
매일 걸어왔던 이 거리
메마른 입술이 말해주듯
뭐든 쉽게 말라붙고 말았다.

생기 가득한 당신이
이 거리를 걸어올 때
나의 메마른 심장에는
어느새 작은 이슬이 맺혔다.

건조했던 가을의 하늘이
어느새 습기 가득 구름으로 변해
분무기 같은 비를 뿌려댔고
나의 가슴은 촉촉하게 젖었다.

가을비

달도 잠이 들었는지
구름 이불을 덮고
나올 생각을 하지 않았다.

새까만 밤하늘과
온통 고요해진 세상에
문득 혼자라고 느껴질 때

구름을 살짝 걷고
졸린 듯 눈 감은 그믐달이
얼굴을 살짝 내밀었다.

굳이 나 때문에
졸린데도 일어났나 싶어
미소가 저절로 올라온다.

내 입술도 그믐달 같다.

그믐달

비가 그치고 불어오는 바람은
어느새 얇은 옷을 뚫고 들어와
나의 마음까지 휘감았다.

마치 큰 태풍이 지나간 것처럼
평화로운 바람과 이 마음은
아주 절묘하게 부합했다.

너와 함께 존재하는 이 시간
우리 사이에 태풍은 없어도
상쾌한 바람과 평화는
지금처럼 끊이지가 않으니

이것도 너와 나의 부합인 걸까.

부합

곧 떠오를 태양을 보며
순간 느끼는 아침 공기에
그저 엄숙히 감사했다.

잔잔히 불어오는 바람에
빨갛게 물든 나무가 흔들릴 때
이 가을 풍경에 감사했다.

해가 지고 시린 달이 뜨자
추위에 떨다 나의 품으로 들어오는
당신과 함께 있음에 나는 감사했다.

감사

위태롭게 흘려보낸 시간 속에서
몇 번이고 쓰러질 것 같았던
나의 손을 잡아 균형을 맞춰주던 너

힘든 시간이 지나가길 바라면서
찾아올 다음 시간이 두려워지는
시간에 대한 모순을 느끼던 요즘

너와 견디던 이 시간의 늪에서
서로의 가슴속에 물든 봉숭아꽃
어떤 시간이 찾아와도
같이 존재함에 무섭지 않다.

데굴데굴 정신없이 굴러가던
서로의 빛나는 구슬 한데 모았더니
앞으로 우리가 느끼게 될 수많은 감정

흐르는 시간도 그저 기록일 뿐인
서로에게 건네줄 풍성한 편지

편지

작고 조용하게
하지만 시원한 존재감을
한껏 뽐내며 쏟아지는

이 비를 바라만 보아도
내 입가는 붕 뜬다.

그늘진 내 눈가까지
굳이 찾아와주는
작은 빗방울

조용히 눈을 감고
고개를 들어
내 얼굴을 맘껏 적시게끔
너와의 접촉을 허용했다.

접촉

밤하늘을 보며
뻗어보는 손

손끝에 스치는 바람에
구름의 시원한 촉감을
조용히 상상해 본다.

물끄러미 고개 내민
노랗게 뜬 달은

직접 구름을 입고
고요히 하늘 위를 걸었다.

밤하늘의 촉감

굳이 많은 색을
필요로 하지 않는 밤

그저 까맣게
물감을 흩뿌리고
노랗게 하얗게
점 하나씩 찍어준다면
이것보다 더한 밤이 있을까.

반면 차가운 두 손
따스히 잡아주는 당신
그것은 어떤 색의 물감으로
나는 표현해야만 하는지

그저 눈을 꼭 감고
이 부드러운 온기를
마음으로 그려냈다.

밤을 그리다

하루에도 수십 번 충돌하는
현실과 이상의 대립은
해결책을 제시하지 못한 채
끝없는 소모전을 펼쳤다.

나의 이상을 누군가에게 떠들며
대입시키려는 행위는 그저 소모였다.

같은 이상을 품지 않아도
서로의 이상을 공유할 한 사람이
이슬비마저도 너무나 감사한
메마른 땅처럼 간절했다.

당신의 이상을 듣고 있는 지금
나는 그저 들을 수 있음에 고맙다.
푸른 밤을 아주 작게 수놓은
같이 응시하던 북두칠성이
메마른 가슴에 반짝였다.

이상

빛을 잔뜩 머금던 달은
피곤함을 이기지 못하고
달빛을 모두 놓아버렸다.

그 달빛은 조명 같았다.

피곤이 금세 차오른 나는
취침등 같은 달빛에 취해
머리를 힘없이 놓아버렸다.

취침등

조용하지만 선명했던
달의 노랫소리는
이제 잠잠해지고

어느덧 새근새근
숨소리만 들려왔다.

밤은 잠들었나 보다.

오전 5시 30분

감정의 깊은 수렁에 빠진 당신을
고통에 신음하고 있을 당신을
직접 건져 올려줄 수만 있다면
나는 무엇이 아까울까.

한참 전에 끊었던 기도를
다시금 해본다.

작고 보잘것없는 그 무엇에도
의미를 부여하고 결국 힘들어하던
당신에게 조금이라도 다가가고자

의미가 없을 수도 있을 이 기도에
나름의 의미를 담아본다.

당신의 존재가 나에게 큰 의미가 되듯이

의미

생각이 많은 당신

그 생각들을 정리하다 보면
다시금 고개를 드는 괴로움에
당신의 고개는 땅을 바라보겠지.

끊임없이 고찰하는 자신을
결국은 깎아먹은 채
가장 낮은 곳까지 자신을 떨어트리겠지.

당신의 모든 부분은
이 눈엔 참으로 아름답다는 것을
마음 다해 말하고 싶다.

복잡하게 자신을 어지럽힐 필요도
그것들을 하찮게 여길 필요도 없으니

조용히 마음을 비우고
잠시 이쪽으로 다가와 준다면
내가 잘 정리해 주리라.

보석처럼 아름다운 당신의 모든 요소를
가지런히 정리해 놓는 것만으로도
지루하지 않은 일이 될 테니.

보석함

같은 시간, 다른 장소에서
우리의 마음은 결국 같았을까.

문득 그런 생각이 들자
무심코 핸드폰을 꺼내
너의 번호를 누르려 하는 찰나

너에게 걸려온 전화벨 소리

같은 장소에는 없었지만
같은 시간에 우린 서로를 떠올렸다.

같은 생각

잠시 떨어져 있던 당신과
즉흥적인 약속을 잡았다.

못 본 지 겨우 며칠 됐을 뿐인데
오래 보지 못한 것처럼
미동을 동반한 가슴이 어색하다.

집을 나서자 반기는 차가운 공기가
오늘따라 상쾌하게 피부로 스며든다.

약속 장소에 다다를 때 즈음
멀리서 나를 보고 웃으며 뛰어오는 당신
덩달아 뛰는 마음을 움켜잡고
나도 예상치 못한 미소가 튀어나왔다.

마주친 서로의 얼굴과 미소는
우리의 시간과 마음을 재확인하는
가장 완벽한 매개체가 되었다.

미소

오늘 당신을 만나고 알았다.

여태 당신을 이토록
몹시 그리워한 것은
힘들고 외로워서가 아니라

내 마음에 가장 와닿는
그 마음을 가진 것이
당신이었기 때문이란 것을

구멍이 났던 이 가슴을
가뿐히 메워 붙들어 준
단추와도 같았던 당신

온 마음 다해 그리워한 당신이
나를 붙잡아 주었다는 것을

단추

당신의 뿌예진 눈동자를
부끄러워하지 않아도 된다.

시도 때도 없이 파도치는
당신의 감정 상태에
괴로워하지 않아도 된다.

그 눈물 나에게 흘리고
그 감정 나에게 말해준다면

나는 정해진 눈물만 담아낼
감정의 그릇이 아닌

당신의 눈가에
당신의 가슴에
흘러내릴 그 어떤 감정도
모두 품을 바다가 되어줄 테니

얼마든지 흘려도 된다.
나는 앞으로도 당신의 바다일 테니

바다

흔한감성

초판 발행 2020년 7월 15일
지은이 김선욱
펴낸이 정유진
디자인 구웅희
펴낸곳 노북(no book)
주 소 경기도 수원시 영통구 광교중앙로 145 A432
전 화 031-8025-9200 **팩 스** 050-4211-8560
https://blog.naver.com/nobookorea
이메일 nobookorea@gmail.com
출판등록 2018년 7월 27일 제2018-000072호
인 쇄 새한문화사

ISBN 979-11-90462-10-5 (03810)